AF370104

LETTRES INÉDITES
DE MALHERBE.

(Extrait de la *Revue de Bibliographie Analytique*, mars 1841.)

Tout le monde connaît la belle édition des Œuvres de Malherbe donnée à Paris, en 1822, par le libraire Blaise, et qui forme deux vol. in-8°. Le volume des lettres contient toute la correspondance de ce célèbre écrivain avec Peiresc, conseiller au parlement de Provence, pendant vingt-trois ans, c'est-à-dire depuis 1606 jusqu'en 1628. Cette correspondance présente toutefois une lacune assez considérable, depuis la fin de 1615 jusqu'au mois de juin 1621, parce que Malherbe passa ces six années en Provence ; à partir de 1621, les lettres sont peu nombreuses. La Bibliothèque Royale possède une grande portion des manuscrits de Peiresc, parmi lesquels se trouve toute la correspondance autographe de Malherbe avec ce savant provençal. Il était naturel de penser que Blaise avait dû, pour son travail, faire un usage très-consciencieux de cette riche et précieuse collection et qu'il avait tout recueilli. Il n'en est rien cependant, et nous n'avons pas été peu surpris lorsque, en parcourant le recueil de ces lettres, nous en avons remarqué plusieurs qui ne figurent point dans la collection de son éditeur. Cette observation nous a engagés, comme on peut bien le penser, à collationner avec l'édition toutes les pièces autographes de Malherbe, qui ne forment pas moins d'un volume et demi in-folio. Ce travail n'a pas été sans fruit, et nous avons recueilli un assez grand nombre de documens précieux qui ne manqueront pas d'intéresser nos lecteurs. Quelques-unes de ces lettres, qui manquent à l'édition de Blaise, ont été publiées par M. Parelle dans la collection des classiques français de Lefèvre, mais avec tant de négligence, que nous avons cru devoir les publier de nouveau. D'abord nous ferons observer que M. Parelle a commis la même faute que Blaise, en ne tenant aucun compte de l'orthographe de Malherbe; ensuite, il a très-mal lu le manuscrit, et sans en prévenir le lecteur, il a passé tout ce qu'il n'a pu ni déchiffrer ni comprendre. Nous en donnerons la preuve dans la lettre du 25 juin 1617.

Les lettres ou billets que nous donnons ici sont presque tous datés; la vérification par conséquent en est facile avec l'édition. Il n'en est pas de même pour les billets non datés, parce qu'ils ont pu être insérés dans telle ou telle lettre un peu longue, d'autant que la copie qui a servi à l'édition a été faite avec la plus grande négligence. Bien des dates ont été mal lues; des mémoires en forme de post-scriptum ont été mis dans une lettre, tandis qu'ils appartiennent à une autre. Nous n'oserions donc rien affirmer pour les billets non datés; cependant nous avons parcouru le recueil de Blaise avec assez de soin pour croire que la plupart, sinon la totalité des pièces qui suivent, manquent dans cette édition. Nous avons déjà signalé un autre inconvénient qui dépare la publication de Blaise, c'est qu'on n'a suivi nulle part l'orthographe de Malherbe. Sans doute la manière d'écrire un mot ou un nom propre n'est pas toujours uniforme chez les écrivains du commencement du XVIIᵉ siècle; cependant il nous semble que le premier soin d'un éditeur est de reproduire fidèlement les originaux, surtout lorsqu'on a la facilité de les consulter. Cette espèce d'arbitraire, introduit dans la copie qui a servi à l'édition, n'a pas, par cela même, nécessité une attention très-suivie de la part du copiste, aussi en est-il résulté des inconvéniens graves même sous le rapport du sens. Nous citerons par exemple quelques pièces poétiques et autographes qui se trouvent entremêlées à cette correspondance. La soixante-huitième pièce du premier volume des manuscrits de Peiresc contient le sonnet suivant, que nous réimprimons en entier, parce que la rédaction de l'imprimé est fautive évidemment.

Sonnet (1) *pour Messieurs le Daufin et d'Orléans.*

Destins, je le connoys, vous avez arresté
Qu'aux deux fils de mon Roy se partage la terre
Et qu'après le trepas ce miracle de guerre
Soit encor adorable (2) en sa postérité.

Leur courage, aussy grand que leur prospérité
Tous les fronts (3) orgueilleux brizera comme verre ;
Et qui de leurs combatz attendra le tonnerre
Aura le chastiment de sa témérité.

Le cercle imaginé qui de mesme intervale
Du Nort et du Midy les distances égale
De pareille grandeur bornera leur pouvoir ;

Mais estans filz d'un père où tant de gloire abonde
Pardonnez-moy, Destins, quoy qu'ilz puissent avoir
Ce leur sera trop peu (4), s'ils n'ont chacun un monde.

Ce sonnet est suivi d'un second intitulé : *Autre sur l'absence d'une maîtresse.* Cette maîtresse est la vicomtesse d'Auchy, et le sonnet se trouve dans l'édition, p. 106. Sauf les variétés d'orthographe il n'y a pas de différence, si ce n'est qu'au premier vers du second tercet, on lit dans le manuscrit : *Ce n'est pas,* au lieu de : *Ce n'est point.*

La pièce de vers *Pour Alcandre* a été publiée à la fois dans le volume des Lettres, p. 102, et dans le volume de Poésies, p. 121, mais avec quelques variantes. La sixième strophe, par exemple, dans les Lettres, commence ainsi :

Comme la nuit arrive, et que par le silence
Les tempestes du jour cessent leur violence,
L'esprit est relâché.

(1) Dans l'édition, p. 35 : Sonnet au Roi Henri le Grand.
(2) *Soit encore effroyable,* dans l'édition.
(3) *Tous les forts,* dans l'édition.
(4) *Vous ne leur donnez rien,* dans l'édition.

Voici l'autre rédaction :

> Comme la nuit arrive, et que par le silence
> Qui fait des bruits du jour cesser la violence
> L'esprit est relâché.

La leçon donnée par le manuscrit nous semble préférable :

> Comme la nuit arrive, et que par le silence,
> Les tempêtes du jour cessant leur violence,
> L'esprit est relâché.

Comment M. Parelle, qui a eu entre les mains ces pièces autographes, puisqu'elles lui ont servi à corriger à la strophe suivante le mot *manières* en *matières*, comment, disons-nous, cet éditeur ne les a-t-il pas consultées avec plus de soin? Il aurait pu lui-même faire cette correction et les autres que nous avons indiquées.

A l'avant-dernière strophe, les imprimés portent :

> Et le sort qui détruit tout *ce que* je consulte

Le manuscrit donne :

> Et le sort qui détruit tout *ce qui* le consulte

Ces deux leçons ne sont pas plus claires l'une que l'autre. Nous citerons encore un quatrain (dans les Lettres, p. 281), qui se termine par ce vers :

> Au monde ils font *merveilleux* dommages.

Malherbe avait d'abord écrit :

> Ils font au monde un merveilleux dommage.

Mais s'apercevant avec raison que la rime s'accordait mal avec le pluriel *images* qui se trouve trois vers plus haut, il a corrigé, et il faut lire avec lui :

> Au monde ils font de merveilleux dommages.

Dans le même volume, pièce 85, on trouve le sonnet au Roy en la naissance de Monsieur d'Anjou. Dans l'édition, qui porte simplement pour titre : Sonnet au roi Henri le Grand, le second quatrain est ainsi conçu :

> Que vos jeunes lions vont amasser de proie,
> Soit qu'aux rives du Tage ils portent leurs combats,
> Soit que, de l'Orient mettant l'empire bas,
> Ils veuillent rebâtir les murailles de Troie !

Le manuscrit présente une toute autre rédaction :

> Que voz jeunes lions vont amasser de proyes
> Si tost qu'en l'age meur ilz seront arrivez
> Et que pour les combatz qu'ilz auront achevez
> La paternelle amour vous donnera de joyes.

« Au-dessous du sonnet, on lit encore cette note : Donnez s'il vous plaist une copie de ces vers à Mons. du Perier. »

Ces exemples suffisent, du moins nous le pensons, pour montrer qu'on n'a pas tiré tout le parti possible des manuscrits de Peiresc. Il est fâcheux que dans l'édition de Blaise le mérite littéraire ne réponde pas à l'exécution typographique. Dans le volume des Poésies on aurait dû rapporter avec soin les variantes qui sont toujours introduites dans des ouvrages publiés du vivant même de l'auteur. C'est ainsi que nous avons été surpris de ne pas trouver dans les notes correspondant à l'ode de la p. 36 les différences de rédaction qui sont en si grand nombre dans l'édition publiée à Aix, en 1601, avec ce titre : *Ode du sieur de Malherbe à la Reine pour sa bien venue en France. A Aix, par Jean Tholosan, imprimeur du Roy en la dite ville*, in-12 de 14 p.

Avant d'en venir aux lettres de Malherbe dont nous avons annoncé la publication, nous donnerons d'abord sa généalogie, qui forme la pièce 126 *bis* du premier volume de Peiresc. On connaît les prétentions de Malherbe en fait de noblesse. Sur la fin de ses jours il essaya d'adopter le nom de Malherbe de Saint-Agnan et d'introduire un lion léopardé, en pièce d'honneur, dans ses armoiries. « Ne peut-on pas soupçonner, observe M. Alpheran, p. 59, que cette fantaisie tardive de s'affilier à la maison Malherbe de Saint-Agnan lui a été suggérée par la vanité seule, et qu'il n'appartenait pas véritablement à cette maison? » Quoi qu'il en soit, voici cette pièce entièrement de la main de Malherbe.

Généalogie (1) de la maison de Malherbe qui est en Angleterre en la conté de Sufolk.

GEOFFROY MALHERBE

|

Henri Malherbe

|

Roger Malherbe

|

Richart Malherbe

|

Marguery Malherbe
fille et héritière de Richart
et espouse de Thomas Carhurta

|

Roger Carhurta

|

Sarra Carhurta
fille et héritière de Roger Carhurta
et mariée à Jean Cotel de Yonnrice
en la conté de Denon où cette famille est demeurée.

Cette généalogie a esté transcrite d'un livre appartenant à Mons, Segar, Roy de la jartière, demeurant à Londres en Angleterre.

Le sire Malherbe de Saint-Agnan porte d'Ermines à six roses de gueules, et le sire Malherbe de la Duncasse porte d'or à deux jumelles de gueules et deux lyons de mesme passant l'un contre l'autre en (2) chief. Et le sire de la Meauffe porte de Sinople à trois fleurs de lis d'or. Et le sire de Fonteney du Vaquetot porte de gueules à trois bezans d'argent, comm' il appert cy dessus.

Cecy a esté tiré d'un livre de parchemin escrit à la main, au commencement duquel il y a ces mots, en vieille lettre françoise :

«Cest livre devise la circuite du païs de Caux, et combien il a de tour : et les abbayes, prieurez, et chanoineries qui y sont : et qui les fonda, et de quel temps, et quels corps saintz y sont saintiz à chacune place : et avec ce tous les noms, armes, cris et surnoms de tous les sieurs et nobles hommes qui y sont de présent : et les noms et armes de cheux qui y ont esté au temps passé, dont les ditz noms et armes sont failliz : et avec ce la création de la chevalerie : et comment syrs et gentz nobles doivent gouverner : et en especial princes et gentz de grande authorité : et la création de l'ordre des héraultz et poursuivans : et comme ils se doivent gouverner : et ce qui appartient à leurs offices et les blasons d'armoirie aveque plusieurs armes d'empereurs, syrs, et barons de France. »

(1) Cette généalogie est accompagnée d'une gravure qui représente les armes des Malherbe de Saint-Aignan.

(2) Malherbe a écrit un chief et au-dessus en chief.

Ce mémoire me fut apporté par M. de Valevez à son retour
d'Angleterre en l'année 1609 (1). Je croy qu'il y a erreur en
ce mot de la Duncasse et qu'il faut lire de la Meauffe, pource
qu'il se trouve ainsy en tous les livres qui parlent des an-
ciennes maisons de Normandie, et ce mot de Duncasse ne se
trouve en livre du monde.

LETTRES A PEIRESC.

Monsieur (a),

Je vous supplye de mettre cette lettre dans le paquet que
vous baillerez à monsieur du Mas et m'envoyer la résolution
du billet que je laissay hier au soir à votre homme pour vous
bailler. Je vous remercie de vos belles et bonnes prunes et
prie Dieu qu'il me tienne sain pour vous servir.

---

2 octobre 1606.

Monsieur (3),

Je ne veux pas payer les effets dont vous m'avez tesmoigné
vostre bienveillance, en vous offrant la mienne aveque des
paroles; mais puis que pour ceste heure la fortune ne me
donne point de moyen de faire autre chose, si veux-je que
vous ayez quelque gage des promesses que je vous ay faites
de me souvenir tant que je vivray de l'honneur que j'ay receu
de vous en toute sorte d'offices, où l'occasion s'est présentée
de m'obliger. Ceste lettre m'en servira s'il vous plaist atten-
dant que quelque meilleur se mette en sa place et vous l'ac-
cepterez aveque vostre courtoisie accoustumée. J'escris tousiours, etc... (Voy. l'édit. p. 3.)

A Fontainebleau, ce mardi 10e d'octobre 1606.

Monsieur (4),

Je veux que vous voyiez le désir que j'ay de me conserver
en vostre souvenance et par conséquent en vostre bonne grâce
et puis que je ne le puys faire outrement, pour le moins

---

(1) La désignation de l'année n'est pas de la main de Malherbe.
(2) Peiresc, I, 1. Ce billet ne porte ni date ni signature; il faisait partie d'une lettre qu'il serait difficile d'indiquer.
(3) Peiresc, I, 4.
(4) Peiresc, I, 7.

veux-je que le papier me face ce bon office. Je vous escrivis, etc... (Ed. p. 7.)

A Paris, ce 7 octobre 1607.

Monsieur (1),

Si c'estoit un autre que Mons. du Perier qui s'en allast en
Provence, vous n'auriez point de lettre de moy. Vous ne
m'escrivez point, voilà pourquoi je vous veux rendre pareille,
afin que la faim d'avoir non de mes lettres, mais des nouvelles, vous range à la raison et malgré vous vous oblige à
me donner ce contentement. Le porteur est trop bien informé
de toutes nos nouvelles et est trop éloquent pour voulloir rien
adjouster à sa suffisance. Vous n'aurez donc autre chose de moy
si non la prière que je vous fais et que je vous feray tousiours
de m'aimer et me tenir pour vostre très humble et affectionné serviteur.

FR. DEMALERBE.

A Paris, ce 8 décembre 1607 (2).

Monsieur,

Ce me seroit un crime capital de ne vous escrire point par
cette ocasion, mais pour cela vous n'aurez point de nouvelles
car il est minuit sonnée. Mons. le premier président à qui
j'escris tout ce que nous en avons vous en fera part. Il me
suffit que par ces trois lignes je vous tesmoigne qu'il me sou-
vient des obligations que je vous ay, et que je désire que vous
continuiez de m'aimer. Si je ne le puys mériter d'autre façon,
au moins sera ce en vous en priant et animant de toute mon
affection. Faites le donc, Monsieur, et me conservez en voz
bonnes grâces comme vostre plus humble et plus affectionné
serviteur.

FR. DEMALERBE.

M. de Monstier a commencé le troisième pourtrait; aussy
tost qu'il sera achevé vous le recevrez aveque les deux autres (3). Vous l'avez fort obligé par ce que vous luy avez en-

----

(1) Peiresc, I, 25. M. Parelle, II, p. 162.
(2) Malherbe n'a pas indiqué l'année; mais elle est au dos de la
lettre (Peiresc, I, 22).
(3) Voyez la fin de la 23ᵉ lettre (p. 43) où il parle de ces portraits.

voyé. Tout son désir est de vous contenter en ceste ocasion et vous servir en toutes où il en aura le moyen. M. du Perier m'excusera pour cette fois; je luy baise bien humblement les mains et suis son serviteur.

Le billet suivant (1) n'est point adressé à M. Peiresc et n'a pas de date; mais il doit être à peu près de la même époque que la lettre précédente.

Monsieur,

Je viens d'arriver de la ville et jusqu'à ceste heure il ne m'estait point souvenu d'escrire en Provence, si bien que je n'ay eu loisir que d'escrire un mot à ma femme que je vous envoye pour mettre s'il vous plaist en vostre paquet. Vous ferez mes excuses à M. de Peresq. Par la première commodité je lui payeray l'usure de ce retardement. Bonsoir, Monsieur. Je vous baise bien humblement les mains et à M. de Cazan.

A Paris, ce 6 de janvier 1608.

Monsieur (2),

Vous m'avez oublyé, j'en feray de mesme si je puys; mais non feray car vous auriez des excuses et moy non. Nos nouvelles sont aussy froides que la saison. Nous allons courre la bague le lendemain des Roys; vous sçaurez qui l'aura gagnée. Je voy bien que de caresme prenant il ne se parlera d'autre chose. Le Roy courra, cela met toute la court en desbauche. Adieu, Monsieur, en voilà trop pour un paresseux comme vous. A M. du Perier il aura dent pour dent ou œil pour œil lequel qu'il voudra, c'est-à-dire rien pour rien. Car puys qu'il ne m'escrit point, il n'a que faire de mes lettres. Je ne laisseray pas pour cela de luy baiser les mains et de l'asseurer que je suys son serviteur. Mandez moi s'il vous plaist si vous avez receu les rabatz, aiguillettes etc. Je suis tousiours vostre très humble et très affectionné serviteur.

Fr. Demalerbe.

(1) Peiresc, I, 24.
(2) Peiresc, I, 29. M. Parelle, II, p. 164, date cette lettre du 1er janvier.

A Paris, ce 20 avril 1608.

Monsieur (1),

Puis que vous avez icy M. de Valavez vostre frère, il me deschargera de vous escrire les nouvelles. Il est assez curieux pour s'en aquitter dignement, et certainement je ne croy pas qu'il soyt bien aisé de vous rien mander qui en vaille la peine. Cela me garde d'escrire à M. le premier président. Il y a trois ou quatre jours que le voyage de Provence fut résolu à Fontainebleau. Mais aveque tout cela je ne le croy non plus qu'auparavant. Je voudroys bien que la court m'y menast; nous verrons ce qui en sera. Continuez de m'aimer, je vous en supplye, monsieur, et de me tenir pour vostre très humble et très affectionné serviteur.

Fr. Demalerbe.

A Dijon, ce premier de septembre 1608.

Monsieur (2),

Nous arrivasmes hier au soir en cette ville, d'où non plus que de Paris je ne veux point perdre l'ocasion de vous asseurer du pouvoir que vous avez sur moy. Il est bien aquis et est raisonnable qu'il soit durable. Si vous vous faschez que je vous repete cecy après vous l'avoir dit tant d'autres fois, pensez que je n'ay de quoy remplir ma lettre si je ne me sers des complimentz ordinaires. Ilz sont courtz, afin que vous connoissiez que ce n'a esté que par faute d'autre suget. Vostre amitié toute solide n'aime point les cérémonies, ny moy aussy, mais la nécessité me le fait faire. Nous allons commencer noz estatz aux premiers jours de la semaine qui vient. J'ay bien envie qu'ilz soyent achevez pour nous en retourner. Aimez Malerbe comme votre serviteur très affectionné.

---

12 janvier 1609 (3).

Monsieur,

Si jusques à ceste heure je me suys plaint légèrement de vostre silence, c'est à ceste heure que je le puys faire à bon escient. J'estoys résolu de m'en revenger et ne vous escrire de six mois, j'eusse dit de six ans si je pensoys que ma vie pust aller jusques là. Mais le porteur qui appartient à un de mes amis bien intime et bien particulier m'a mis hors de co-

(1) Peiresc, I, 32.
(2) Peiresc, I, 40. M. Parelle, II, p. 169.
(3) Cette date est au dos, mais d'une seconde main (Peiresc, I, 43).

lère pour ce que pour le vous recommander il a fallu que j'aye
rompu mon serment. Il n'a pas afaire de vous, mais de
M. vostre père à cause que son procès est aux Comptes. Je
vous supplye, Monsieur, qu'il connoisse que vous m'aimez. Je scay bien ce qui en est, mais je prens plaisir que les
obligations que je vous ay soient publiées afin que ce me soit
d'autant plus de suget de penser à les aquiter. Je ne vous en
sçauroys avoir une plus chère que cestecy. Adjoustez la donc
aux précédentes. Je vous escriray plus au long par le premier ; par ceste voye vous n'aurez que vos trois ou quatre
lignes. Je suys tousiours votre très humble serviteur.

MALERBE.

28 juin 1609.

Monsieur (1),

J'avoys oublié à vous dire que je fis moy mesme porter la
lettre que vous m'aviez recommandée à l'orfevre de la Maque.
Si tost qu'il en vit le dessus, il me dit que c'estoit de son filz
et me promit de luy faire responce. À ceste heure comme
j'ay esté sur le point de clorre mon paquet, je l'ay envoyé
avertir. Il a dit qu'il avoit escrit trois fois depuys la lettre que
je luy rendis. Le sire Beys me vient d'envoyer une lettre que
vous trouverez enclose dans ce paquet, avec une autre de
M. du Monstier qui a esté très content de ce que vous luy
avez envoyé. Bonjour, Monsieur. Ma lettre est d'hier au soir
et ce billet est d'aujourd'huy 28 de juin 1609, jour de Saint-
Jean.

Votre très humble serviteur

FR. DEMALERBE.

À Paris, ce... juillet 1609.

Monsieur (2),

Depuys vous avoir escrit celle que vous recevrez par ceste
mesme voye, j'ay receu ce matin sur les onze heures ung
paquet que vous m'adressez pour M. Cenami et une lettre
pour M. de Valavez. J'ay porté l'un et l'autre incontinant
chez M. Marc, au quel il a laissé charge de tout ce qui le
concerne, et de là je m'en suys allé chez le sieur de Préde-

(1) Peiresc, I, 56.
(2) Peiresc, I, 65. Il y a plusieurs mots déchirés.

segle ; je ne l'ay point trouvé, mais j'oy laissé à ses gentz le nom de mon logis par escrit et leur ay dit qu'ilz m'envoyassent la responce demain au matin ; ce qu'ilz m'ont promis faire. Asseurez vous, Monsieur, que partout où je pourray quelque chose pour vostre contentement vous me trouverez disposé comme vostre très humble et plus affectionné serviteur.

Fr. Demalerbe.

De Dijon, ce 4e de septembre 1609.

Monsieur (1),

Je seray à la fin importun par ma diligence (2), mais n'importe, faites le jugement de moy qu'il vous plaira pourveu que vous croyiez que vous venez en ma mémoire comme l'un des hommes du monde de qui j'estime plus l'amitié. Je vous ay respondu à ce que vous m'escriviez de M. de la Sapede. Faitesmoy cest honneur de me mander si vous avez receu ma lettre et s'il se tient pas satisfait. J'honore trop ses belles qualitez pour souffrir qu'une si funeste calomnie lui donnast quelque mauvaise impression de moy. Nous avons icy les nouvelles de la course de bague de jeudy et vendredi derniers, mais vous les aurez aussy bien que nous. Voilà pourquoy je m'en tais et ne rempliray ce reste de papier que de vous prier de baiser les mains pour moy à M. le Premier Président et l'asseurer que je suis son très humble serviteur. Je vous jure que je suys et serai le vostre éternellement.

---

11 décembre 1609.

Cette lettre (5), publiée dans l'édition, est accompagnée d'un papier qui contient un quatrain tiré des centuries de Nostradamus, donné aussi par Blaise, mais avec une faute de mesure au second pied. Voici cette note qui est d'une rédacdaction différente et de la main de Malherbe :

« L'on fait courre en cette court ce quatrain que l'on dit estre tiré des centuries de Nostradamus :

(1) Peïresc, I, 41. Il n'y a pas de signature. M. Parelle, II, p. 170.
(2) Il avait écrit la veille ; voyez l'édition, p. 59.
(3) Peïresc, I, 59.

> Cinq décades et sept n'auront borné la course
> Du grand lyon celtiq, qu'un jeune lyonceau
> Aveque sa lyonne s'en yra devers l'Ourse
> Et fuytif tranchera du rival le fuzeau.

» Je vous prie, Monsieur, voyez les Centuries et prenez la peine de le chercher et de me mander si vous l'y aurez trouvé. »

Au second vers l'édition écrit à tort *celtique* au lieu de *celtiq*. Comparez aussi la rédaction de ce quatrain donnée par Pierre de l'Estoile. (Edit. de MM. Champollion, p. 627, d'après le manuscrit autographe.

A Paris, ce x^e janvier 1610.

Monsieur (1),

Il y a cinq ou six jours que je vous escrivys tout ce que nous avions de nouvelles, au moins tout ce dont il me souvint. Ce qui me resta lors, et ce qui depuys est survenu, vous le verrez en un mémoire que j'en envoye à M. le premier président ; et le ferez voir s'il vous plaist à M. le président Cariolis qui par mesme moyen vous communiquera quelque autre particularité que j'ay mise dans sa lettre. Il n'est pas possible que je rescrive tant de fois une mesme chose. Vous m'en dispenserez, s'il vous plaist, Monsieur, et m'aimerez tousiours comme vostre plus humble et plus affectionné serviteur.

MALHERBE.

Je vous prie me faire ce bien, de baiser bien humblement les mains à M. le Président de la Cepede, et luy faire part de ce que je vous escris. C'est une amitié que la sienne que je tiens extrêmement chère et que je veux conserver par toutes sortes de tesmoignages de mon affection. Je luy escrivys par ma dernière depesche. Cela me gardera de l'importuner par cettecy.

A Paris, ce 13 de janvier 1610.

Monsieur (2),

Il y a environ trois ans que je vous escrivis en faveur de M. Morant (3), pour une affaire qu'il avoit, en vostre Parle-

(1) Peiresc, I, 62.
(2) Peiresc, I, 63. M. Parelle, II, p. 188.
(3) Voyez la lettre 12, p. 19, et la lettre 13, p. 20, du 8 février 1607.

ment. A quoy vous estant employé comme vous faites géné-
ralement en tout ce qui vient de ma part, vous luy avez fait
croire qu'après l'équité de sa cause il ne pouvoit avoir en
vostre endroit une intercession de plus d'effect que la prière
que je vous ferois de l'assister de vostre protection. Il n'y
auroit point d'apparence que luy ayant rendu cest office en
un temps où je commençoys seulement à le connoistre,
je le luy refusasse à ceste heure qu'il m'a obligé par une infi-
nité de bienfaits. Vous souffrirez donc, Monsieur, s'il vous
plaist, que je craigne plus d'estre ingrat en son endroit qu'in-
discret au vostre et trouverez bon que je vous supplie bien
humblement de continuer en ceste occasion le tesmoignage
de la bonne volonté que vous luy avez desja fait paroistre.
Vous n'obligerez point une personne courtoise et officieuse,
mais la courtoisie et l'*officiosité* mesme s'il m'est permis d'u-
zer de ce mot. Pour moy, j'ai renoncé aveque vous aux ce-
remonies, et quoy que vous me faciez en cecy une faveur ex-
traordinaire, je ne vous diray point avec autres paroles que les
accoustumées que je suis à jamais votre plus humble et plus
affectionné serviteur.

MALHERBE.

Le billet suivant (1) n'a point de date, mais il est placé
entre deux lettres du mois de janvier 1610.

Monsieur,

Ce mot n'est que pour vous adresser la lettre de Monsieur de
Prédesegle. Il a esté diligent à faire la responce; je le veux
estre aussy à la vous envoyer. Adieu, Monsieur, je suys aveque l'affection accoustumée vostre très humble serviteur.

Je vous avoys escrit que j'escriroys à Messieurs noz premiers présidens quand j'auroys leurs responces. Je les ay eues
depuys et leur escris par cette voye. Mais c'est si en haste
que vous ne laisserez pas s'il vous plaist de leur faire part de
ce que je vous escris.

Mars 1612 (2).

Monsieur,

Vous avez résolu avec M^{rs} voz enfans de m'accabler d'obli-

---

(1) Peiresc, I, 84.
(2) Cette date n'est pas de la main de Malherbe (Peiresc, I, 121).

gations. C'est bien à la vérité quelque sorte d'injure ; mais ell'est trop douce pour m'en plaindre. Seulement regretteray-je que par quelque service je ne puisse rayer une seule de tant de faveurs par lesquelles vous me tesmoignez journellement vostre amitié. Accroissez la gloire de vostre courtoisie et continuez de m'aimer sans espérance quelconque de ressentiment. Aussy seray-je beaucoup si je puis aller jusques à la reconnoissance. J'espère presque l'un aussi peu que l'autre, mais si ne laisseray-je pas de me juger digne que vous me teniez tousiours pour vostre serviteur très humble et très affectionné, puisque en mon ame je me reconnoys tel aussy véritablement que personne à qui vous donniez ceste qualité.

On connaît la triste fin du baron de Luz, tué par le chevalier de Guise. Pour mieux faire comprendre la pièce que nous allons publier ci-après, nous extrayons de la collection de Blaise (p. 256) le récit de ce funeste évènement en conservant l'orthographe de Malherbe, d'après la même relation contenue dans le manuscrit de Peiresc.

Monsieur le chevalier de Guise, samedy veille des Roys, à trois heures après midy, disnant à la grand'escurie deux heures après qu'il eut tué le baron de Lus, recita le fait de cette façon :

« M'estant trouvé auprès de Mons. de Guise mon frère il n'y a que deux jours, un gentilhomme luy vint donner avis que M. de Lus entretenant M. du Maine l'avoit asseuré qu'il s'estoit trouvé au conseil secret de Blois, où la mort de feu M. mon père avoit esté résolué et qu'il avoit empesché M. le mareschal de Brissac de l'en avertir : ce qui fut cause que dès l'heure je fy dessein de luy faire mettre l'espée à la main. Pour à quoy parvenir ce matin j'ay fait prendre garde quand il sortiroit de son logis. On m'est venu rapporter qu'il en estoit party, et qu'il avoit pris le chemin de la ruë Saint-Antoine. Je m'en suis donq allé de ce costé là accompagné du chevalier de Grignan, de mon escuyer et de deux laquais. J'ay deffendu aux deux gentilzhommes de mettre la main à l'espée si l'en ne vouloit entreprendre sur moy, et à mes deux laquais qui n'avoyent que chacun un baston en la main de se mêler d'autre chose que d'arrester les chevaux du carrosse, si d'aventure le baron de Luz, après que je l'auroys convié de mettre pié à terre, refusoit de le faire et commandoyt à son carrossier de s'avancer. »

« Ne l'ayant point trouvé au cartier de Saint-Antoine, je

m'en suis venu au Louvre où j'ay trouvé son carrosse à la
porte, j'y ai fait prendre garde et suis allé donner le bonjour à
madame la princesse de Conty, de laquelle j'ay ouy la messe.
Cela fait je suis sorty du Louvre, et y ayant encores veu le carrosse du baron de Lus je m'en suis venu vers son logis esti-
mant bien qu'il ne faudroit pas de s'y en revenir. Comme j'ay eu
fait quelque chemin dans la ruë de Saint-Honoré, je suis re-
tourné sur mes pas ; comme j'ay esté revenu à l'entrée de la ruë
du Louvre, j'ay veu venir son carrosse ce qui m'a fait tourner
tout aussy tost comme pour aller vers la porte de Saint-Honoré,
comme j'ay esté à la barrière des Sergentz, je me suis tourné et
l'ay vu à trente pas de moy. Je suis allé droit à luy et luy ay dit
tout haut : « Monsieur, Mons. le baron, je vous supplye que je
vous die quatre paroles. » Il a respondu : « Ouy, tant qu'il vous
plaira. » Il estoit au derrière de son carrosse et y avoit deux
gentilzhommes à chacune des portières, qui tous ont mis pié
à terre ; moy et les miens en avons fait de mesme en mesme
temps. Cela fait je l'ay pris par la main, et l'ay tiré à part
à dix pas de nos gentz et luy ay dit : « Monsieur, j'ai sceu que
vous avez dit à monsieur du Maine en la présence de plusieurs
gentilzhommes d'honneur, que vous fustes du conseil de Bloys
où il fut résolu de tuer monsieur mon père, et qu'hier mesme
vous le distes à la reyne Marguerite. Je ne veux point là-des-
sus de response de vous que l'espée à la main, si vous en avez
le courage. Çà l'espée à la main, il faut mourir. » Sur cela il
s'est voulu jetter sur moy ; je l'ay repoussé d'un coup de poin
que je luy ay donné en l'estommach, et me retirant deux pas
en arrière, ay mis l'espée à la main. Il en a fait de mesme, et
tirant l'un contre l'autre en mesme temps, j'ay paré son coup
aveque le bras que j'avoys enveloppé de mon manteau ; le
mien luy a porté dans le costé gauche assez avant, et tout
aussy tost il s'est retiré dans une maison prochaine, et je m'en
suys venu vers deçà. »

Tel est le récit de cet événement fait par le chevalier de
Guise lui-même ; Malherbe ajoute d'autres détails fort curieux,
tant dans cette lettre que dans les autres qui précèdent et qui
suivent. A la fin de celle du 12 janvier 1613, il parle ainsi d'un
dessin (1) qu'il avait fait des lieux : « Vous savez comme je
suis bon peintre. J'ay fait une petite topographie pour faire
mieux entendre l'histoire de la mort du baron de Lus. Si vous
la désirez voir, Marc-Antoine vous la montrera. »

(1) Peiresc, I, 128.

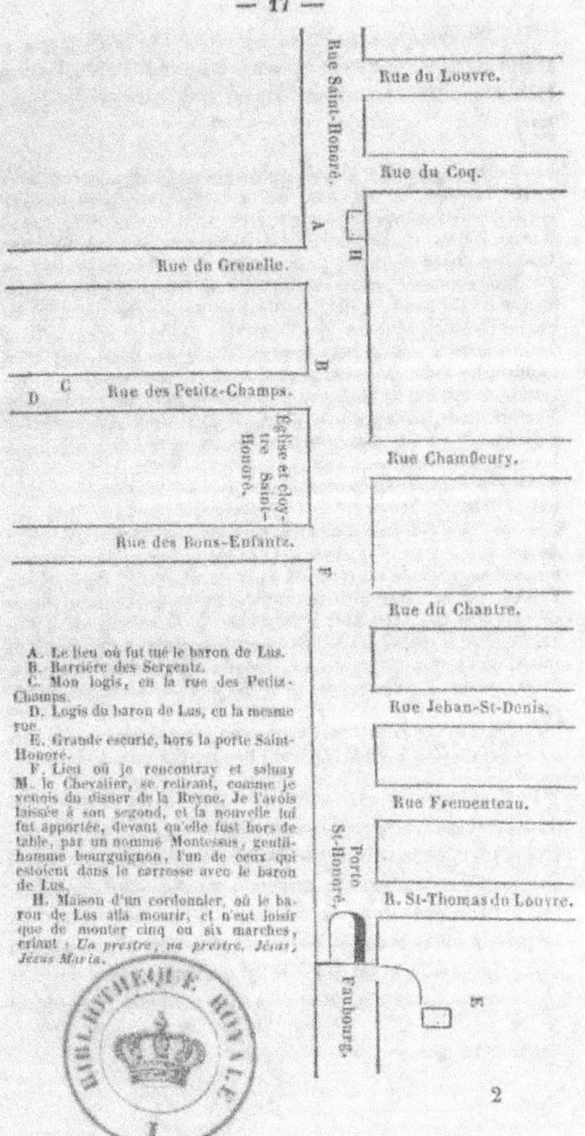

A. Le lieu où fut tué le baron de Lus.
B. Barrière des Sergentz.
C. Mon logis, en la rue des Petitz-Champs.
D. Logis du baron de Lus, en la mesme rue.
E. Grande escurie, hors la porte Saint-Honoré.
F. Lieu où je rencontray et saluay M. le Chevalier, se retirant, comme je venois du disner de la Reyne. Je l'avois laissée à son segond, et la nouvelle luy fut apportée, devant qu'elle fust hors de table, par un nommé Montessus, gentilhomme bourguignon, l'un de ceux qui estoient dans le carrosse avec le baron de Lus.
H. Maison d'un cordonnier, où le baron de Lus alla mourir, et n'eut loisir que de monter cinq ou six marches, criant : *Un prestre, un prestre, Jésus, Jésus Maria.*

2

On sait aussi que le fils du baron de Luz fut tué peu de temps après par le même chevalier de Guise. Voici comment le *Mercure François* (Tom. III, p. 48), raconte ce second duel :

« Le baron de Lux n'avait qu'un fils fort jeune, et fort beau gentil-homme, lequel outré de la mort de son père, envoya quatre semaines après porter par Du Riol un cartel au chevalier de Guise. Ce dernier estoit encores au lict lors que Du Riol luy porta ce cartel : l'ayant leu il se leva aussi-tost, et Du Riol mesme l'ayda à s'habiller. Puis faisant appeler le chevalier de Grignan, il le pria de l'accompagner : et ainsi ils partirent sans qu'aucun de l'hostel de Guise le sceust. Tous trois sortent à cheval hors la porte Sainct Anthoine. Du Riol conduit les deux chevaliers là où estoit le baron de Lux. Après que le chevalier de Guise et le baron eurent esté visitez par leurs seconds, et leurs pourpoints ostez : Tous quatre à cheval ayant pris du champ autant qu'ils advisèrent leur estre besoing, s'esbranlèrent au pas l'espée à la main. A la première passe le baron blessa le chevalier ; mais à la troisième le chevalier perça le baron de part en part, qui tumbant de dessus son cheval n'eut plus d'autre besoin que de songer au salut de son ame. A quoy le chevalier l'ayant exhorté, il courut vistement vers les deux seconds : car le chevalier de Grignan avoit jà receu deux grands coups d'espée de Du Riol qui le menoit fort mal. Du Riol n'estant blecé, se voyant prest d'avoir affaire à deux, le baron estant par terre et proche de la mort, songea à sa retraicte, gaigna Charenton, et puis la Bourgongne. Le chevalier de Guise qui s'estoit si heureusement demeslé d'un si sanglant combat où il avait receu trois blessures, ayant laissé mort son ennemy sur la place, retourna à l'hostel de Guise où il fut visité des braves de la cour. »

Une autre pièce (1) également fort curieuse et inédite se trouve dans la correspondance de Malherbe à la date de janvier 1614. C'est la représentation autographe d'un festin donné à la reine par madame la princesse de Conti, et dont Malherbe parla dans deux de ses lettres. Dans la première du 16 janvier 1614, il dit (p. 531) : « Aujourd'huy la résolution s'est prise avec la Reine que le ballet se dansera dimanche prochain, après le souper qui se fera chez madame la princesse

______

(1) Peiresc, I, 70.

de Conti.» Ce festin, composé de vingt-cinq couverts, présente
cela de remarquable que les convives étaient tous des femmes,
à l'exception d'un seul, le cardinal de Joyeuse, auquel mademoiselle de Rohan fit une petite espièglerie vers la fin du souper, comme le raconte Malherbe dans les observations qu'il a
placées au-dessous du tableau :

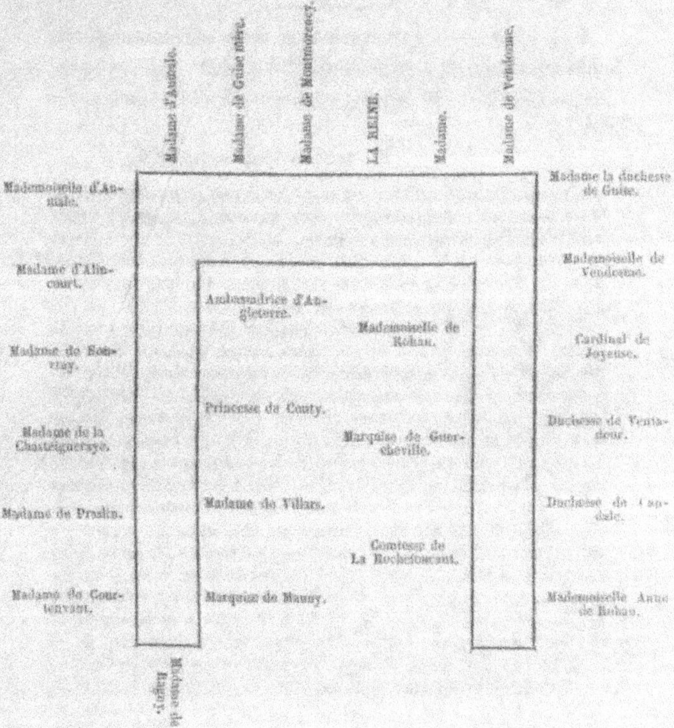

«Par le dedans de la poterne on servoit la Reine et n'y avoit
personne devant elle. En l'un des coins estoit l'ambassatrice
d'Angleterre le visage tourné vers Madame d'Alincourt. En
l'autre coin de ce dedans de poterne estoit Mademoiselle
de Rohan; son couvert estoit tourné vers M. le cardinal de

Joyeuse; mais pour faire rire la Reine, comme ell' a de coustume, elle tourna son siège et son couvert et se trouva droit vis à vis de Madame, but à la santé du Roy, et de la Reine, etc.»

«La Reine appela Madame de Guise la mère pour se mettre auprès d'elle; mais elle complaisante et obligeante selon sa coustume voulut que Madame de Montmorency y fust. »

————————

La lettre suivante (1) n'est pas de Malherbe; mais elle est entièrement copiée de sa main et elle donne des détails curieux sur les événemens du temps; nous avons cru devoir la publier aussi.

De Tours le 22e de juillet (2).

«Nous allons je ne scay où et reviendrons je ne scay quand. Nous irons puis si doucement et si plaisamment que n'estoit le déplaisir de s'éloigner de Paris, hors lequel il n'y a point de salut, il ne s'y pourroit rien adjouster. Nous sommes maintenant à Tours où la court est fort grosse. La Reyne s'aperçoit bien que sa présence et du Roy n'est pas inutile en ces cartiers. M. le P. s'est retiré chez lui aveque bien peu de gentz. Il a mandé à la Reyne force bonnes paroles. Pourveu que les effetz soyent semblables nous sommes bien. M. de Viguier partit de Blois pour l'aller trouver. Les uns tiennent qu'il viendra, les autres que non; je croy que les derniers disent vray. Car avec les defliances qu'il n'a que trop grandes, des gentz de deça que vous jugez bien sans les vous nommer font courir exprès des bruitz qui les luy accroissent. L'on fortiflie Amboise ce qui est trouvé de mauvais goust et font si bonne garde dedans que force gentz de la court se voullantz approcher du fossé par curiosité ont esté menacéz au cas qu'ilz ne se retirassent de les faire retirer avec arquebuzades. L'on a fait ce que l'on a pu pour allarmer les Huguenotz sur ce voyage. La Reyne envoya d'Orléans M. de la Chesnaye à la Rochelle et M. de Villette à S. Jan d'Angely qui a cru rapporter à la Reyne des offres dont ell' est très contente. Ceux de la Rochelle particulièrement ont supplyé la Reyne et le Roy de

(1) Peiresc, I, 213.

(2) Cette date doit être de l'année 1614. Dans l'Itinéraire des rois de France, p. 119, publié à la fin du premier volume de l'ouvrage du marquis d'Aubais intitulé : *Pieces fugitives pour servir à l'histoire de France,* Paris, 1759, trois vol. in-4°, on voit en effet que la cour fit un voyage à Blois et à Tours dans le mois de juillet de l'année 1614.

venir dans la ville de tout le royaume où ils seront le mieux
receus et le mieux obeyz. M. du Plessis est arrivé ce matin
et M. l'evesque de Poitiers. Tout rit à leurs majestéz et leurs
présences ont dessiré (1) force nuages. La Reyne a dit qu'elle
partiroit jeudy pour estre à Poitiers samedy et qu'elle n'y sé-
journeroit que deux jours et de là retourneroit la teste vers
Paris pour y estre à 15° d'aoust. Elle prendra le chemin de
Chartres. L'on attend des nouvelles de M. de Vendosme qui
sans doute aura obey entièrement. L'armée de M. le maréchal
de Brissac a fait halte vers Vendosme, et croy qu'elle ne pas-
sera pas outre. M. Le Grand dans deux jours s'en va en Bourgongne. M. de Termes demeurera auprès du Roy, etc.»

«Ceste lettre est de M. de Fouqueroles, enseigne des gardes
du corps.»

Au commencement de 1614 le soulèvement de quelques
princes et de plusieurs seigneurs, mécontens des ministres,
avait inspiré des inquiétudes à la cour. Le duc de Vendôme
travaillait à se faire un parti dans la Bretagne, dont il était
gouverneur; les autres princes faisaient les mêmes tentatives
dans les lieux où ils avaient du pouvoir; mais le traité conclu
à Sainte-Menehould le 15 mai suivant les fit tous rentrer dans
l'obéissance, et on promit que l'assemblée des États s'ouvri-
rait à Paris le 27 octobre suivant. Dans cette assemblée, qui
fut précédée d'un jeûne public de trois jours et qui com-
mença par une procession solennelle, on discuta beaucoup de
choses, mais la mésintelligence des trois ordres empêcha
toute espèce de décision. En rendant compte de ces états,
qui sont les derniers qu'on ait tenus, Malherbe a fait une représentation de la salle Bourbon (1), et de la place qu'occu-
paient les principaux personnages et les différens corps qui y
étaient réunis. Cette pièce est autographe et porte au dos :
« 27 oct. 1614. Séance des États-Généraux. » Nous la donnons ci-après avec toutes les indications que Malherbe y a
jointes sur une feuille correspondant à la topographie de la
salle Bourbon.

(1) *Dessiré* pour *déchiré*, forme très-usitée à cette époque.
2) Peiresc, I, 211.

SALLE DE BOURBON.

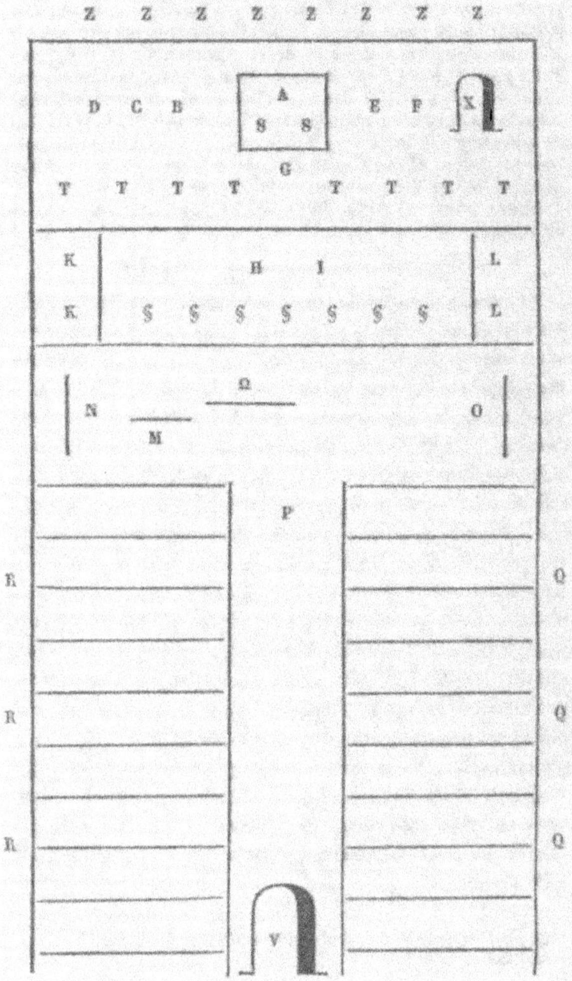

Z   Z   Z   Z   Z   Z   Z   Z

D   C   B   A · S S · E   F   X
G

T   T   T   T   T   T   T   T

K   H   I   L
K   § § § § § § §   L

N   Ω   O
M

P

E   Q

R   Q

R   Q

V

A. Le Roy.

B. La Reine.

C. Madame.

D. Reine Marguerite.

E. Monseigneur.

F. Madame Chrestienne.

G. M. du Maine grand Chambellan.

H. M. de Fronsac fils de M. le conte de S. Pol, pour le grand maistre.

I. M. le chancelier.

K. Banc où estoient M. le Prince et M. le conte de Soissons, et aprés une séparation comme d'une personne, tout de rang estoient MM. de Guise, de Reims, de Joinville, d'Ellebeuf, ducs d'Espernon et de Sully.

L. Banc vis à vis de l'autre où estoient assis MM. les cardinaux de Perron, de la Rochefoucaut et Bonzy, les ducs de Ventadour, de Montbazon, maréchaux du Bouillon, de Brissac de Boisdaufin.

A cette ligne marquée § commençoit l'échafaut sur lequel l'on montoit par cinq degrez.

A la ligne T T T on montoit encor une marche.

Le lieu où estoit la chaise du Roy estoit encor une marche plus haut que le reste.

N. Banc où estoyent quelques évéques depputez et derrière eux des conseilliers d'Estat.

O. Autre banc vis à vis où estoyent les depputez de l'Isle de France, les depputez de Bourgougne et de Normendie.

P. Le chemin de la grande porte à venir sur l'echafaut et tout du long les bancs des depputez selon leurs rangs.

Ceste ligne où vous voyez les Q Q Q et les R R R estoient des barrières qui séparoient les depputez d'aveque les regardans.

V. La grande porte par où tout le monde entroit.

X. Petite porte par où le Roy entra avec la Reyne, Messieurs et Mesdames.

S S. Capitaines des cent gentilzhommes.

M. Un banc ou treteau couvert d'un satin violet fleurdelizé où se mettoyent l'un après l'autre les harangantz.

Ω. Banc des secrétaires d'Estat avec une table devant eulx hors de l'eschafaut.

Les deux lettres suivantes sont de la femme de Malherbe, Madeleine de Corriollis, ou de Carriollis comme d'autres le prétendent. Il nous semble cependant qu'il est plus convenable de suivre l'orthographe qu'elle a adoptée elle-même en signant son nom.

d'Aix ce 5 10bre 1614.

Monsieur (1),

« Je receu il y a quelques jours par Monsieur André la lettre qu'il vous plû m'escrire. Je vous supplie de me pardonner si j'ay tant demeuré de vous remercier trés humblement tant de faveurs et honnestes offres qu'il vous a plû me faire. Je ne suis pas si pressée que je n'attende bien votre retour pour recevoir la partie que Monsieur de Malherbe vous a supplié par

(1) Peiresc, I, 218.

ses lettres de me fournir et qu'il la baillera de delà à ceux que vous luy marquerez. Je vous supplie de l'excuser luy et moi de tant d'importunité que nous vous donnons. Mais nous adjouterons cette obligation au nombre infini que nous vous avons desja n'ayant autre desir que de le reconnoistre par toutes les sortes de service que nous vous pourrons rendre et en cette volonté je vous baise très humblement les mains et je demeure, Monsieur, votre très humble et très obligée servante. »

Madeleine DE CORRIOLLIS.

« Monsieur, je viens de recevoir tout présentement un paquet de M. de Malherbe lequel je vay envoyé avecque cette lettre chez M. du Calas pour le vous faire tenir. »

———

d'Aix, ce 6 janvier 1615.

Monsieur (1),

« J'ay receu par les mains de Monsieur le Con^er Agut la lettre qu'il vous a plù m'escrire avecque soixante carnes de sezains trois escuz d'Espaigne et deux sezains et de Monsieur de Galifet cent vingt cinq libures. Je l'ay ainsi escrit aujourdhuy a Monsieur de Malherbe par Griphon homme de chambre de Monsieur de Gordes qui est partis pour s'en aller à la court ; s'il vous plaist de luy faire l'honneur de luy escrire et luy marquer ceux à qui ils les rendra par delà je m'assure qu'il le fera tout aussi tost. Je ne sçaurois assez à mon gré vous remercier, Monsieur, de tant de faveur que vous me faites et du soin que vous prenez de nous. Je ne puis autre chose que prier Dieu qu'il vous donne tout le contantement que vous desirez. Je vous baise très humblement les mains et demeure, Monsieur, votre très humble et très obéissante servante. »

Madeleine DE CORRIOLLIS.

———

Billets de Malherbe.

« Le Roy (2) ne vit point M. le conte d'Auvergne ; il n'y eut que la Reyne. Comm' il fut fait venir, on fit trouver bon au Roy de s'aller promener. Comm' il revint on avertit le prisonnier de se retirer. »

« Je ne vous puis (3) rien escrire du fait de M. de Chateauneuf

(1) Peiresc, I, 191.

(2) Cette note ou post-scriptum (Peiresc, II, 48) paraît appartenir à une lettre de mai 1615.

(3) Cette lettre (Peiresc, II, 39) se trouve entre deux autres qui portent les dates de juillet et août 1615.

pour ce qu'il n'y a encores rien d'avancé. Il luy a esté rapporté que quelqu'un parlant à Mons. le chancelier de ceste affaire luy proposa qu'il seroit bon qu'il baillast son estat à son filz, et que là dessus M. le chancelier repondit qu'il n'y avoit pas d'apparence à cela et qu'il estoit trop honneste homme. Je ne scay ce qui en est, tant y a que je ne le croy pas dispozé à s'en deffaire. Je croy que dans quelques jours il sçaura la résolution de M. le chancelier. Jusqu'icy il s'est contenté de le voir sans luy parler de rien, depuis la première fois qu'il le salua à son arrivée. »

Malherbe, dans sa correspondance avec Peiresc, avait toujours soin de tenir ce dernier au courant des nouvelles de la cour et de lui envoyer des mémoires sur les événemens du jour, qu'on lui communiquait et qu'il copiait ordinairement lui-même. Les détails suivans qui se rapportent à l'organisation de l'armée du Roi au mois d'octobre 1615, ne sont pas de la main de Malherbe, mais lui sont adressés.

A Monsieur de Malerbe,

«L'armée du Roy (1) commandée par le marechal de Boisdauphin général, Monsr de Praslain maréchal de camp, M. d'Eecure aide de maréchal de camp, M. du Plessis sergent de bataille, M. de Foniou maréchal des logis de l'armée, M. de Reffuge pour le conseil et pour les finances ordonné avec M. le maréchal.»

Compagnies de gendarmes.	Compagnies de chevaulx-legers.	Compagnies de carrabines.
Celle de monsieur, frère du Roy.	Celle du Roy commandée par M. de Coutenant.	Celle de M. de Gié.
Celle de la Reyne.		Celle de M. de Montalan.
Celle de M. de Loraine.	Celle de M. de Nevers.	Celle de M. de la Haye.
Celle de M. de Vaudemont.	Celle du prince de Joinville.	Celle de M. de Vitry.
Celle de M. le maréchal.	Celle du marquis de Sablé.	
Celle de M. de Montbazon.	Celle de M. de Vitry.	
Celle de M. de la Chastre.	Celle de M. de Montglatz.	
	Celle de M. de Nangy.	
	Celle de M. de Bussy d'Anboise.	
	Celle de M. Zamet.	

(1) Cette pièce (Peiresc, II, 38) datée du 24 octobre se rapporte à l'année 1615.

Les quatre vieux régi-ments de seize com-pagnies.	Le régiment des Suisses de neuf compa-gnies quy font nombre de quinze centz hom-mes gardant le canon quy est de deux gros canons, deux couleu-vrines, deux batardes menées par M. de Boor et les Suisses comman-dez par M. de Bassôm-pierre, le colonel Ga-latis et autres capi-taines.	Les régimens de dix compagnies.
Navarre.		Bourg.
Piccardie.		Chappe.
Piedmont.		Hambure.
Champagne.		Vaubecourt.
		Boniface.

« L'estat auquel est à présent l'armée du Roy ce 24 octobre commandée par M. le maréchal de Boisdaufin comme général de la dite armée. »

La lettre suivante (1), la plus longue de toutes celles que nous publions ici, n'est pas non plus la moins importante sous le rapport historique. Au mois de juin 1615, Malherbe, alors gentilhomme ordinaire de la chambre du Roi, présenta un placet à Sa Majesté, tendant à obtenir, en pur don, un ter-rain où il se proposait de faire bâtir des maisons sur les deux côtés du port de Toulon. Les consuls de cette ville s'oppose-rent vivement à cette concession, mais les trésoriers géné-raux de France ayant reconnu que le projet de Malherbe était utile, le Roi, par un brevet signé de sa main et daté du der-nier juin 1617, lui fit don des places de vingt-deux maisons qui pouvaient être bâties dans l'enclos de la darsine du port de Toulon, d'un et d'autre coté, à la charge, lorsqu'elles se-raient bâties, d'une cense annuelle de deux écus par maison, et des droits seigneuriaux, en cas d'aliénation, au profit de Sa Majesté. Ce brevet fut suivi de lettres-patentes du Roi, adressées aux Cours souveraines de Provence, où elles furent enregistrées au mois d'avril 1618, malgré les nouvelles oppo-

(1) Peiresc, II, 27.

sitions des consuls de Toulon. M. Alpheran (*Recherches sur Malherbe*, p. 3o) a donné de longs et curieux détails sur cette affaire, sans toutefois pouvoir décider si Malherbe a fait construire lui-même, en vertu de cette concession, les maisons qui bordent les quais du port de Toulon. Quoi qu'il en soit, la lettre que nous donnons ici fait certainement allusion à cette affaire, et l'on a eu tort d'écrire au dos la date du 25 juin 1627. On lit d'ailleurs bien clairement 1617 au bas de la lettre, et c'est en 1617 et non en 1607 que le 25 juin tombe un dimanche.

A Paris, ce dimanche 25 de juin 1617.

Monsieur,

Vous estes le premier qui m'avez donné des nouvelles du succès de mon affaire de Toulon (1). Il y a longtemps que je sçay vostre soin a obliger voz amis. Tout le monde n'y va pas de mesme pié que vous. Je vous en remercie de tout mon cœur et désire qu'en une meilleure ocasion je vous puisse témoigner la mesme diligence. La favorable expédition que j'en ay eue a bien esté ma première joye, mais la plus grande a esté la confirmation que j'y voy de la bienveillance de monseigneur le garde des Sceaux (2). S'il m'en vient quelque chose, je ne le tiendray d'autre que de luy, comme certainement son appuy est la seule considération qui me tient à la court. Dieu me fera s'il luy plaist la grace que devant que je prenne le dernier congé des Muses je ferai quelqu'ouvrage qui me deschargera non de ce que je luy doy, car il y auroit de la presomption de l'espérer, mais du blasme d'ingratitude que je mériteroys infailliblement si je ne disois rien d'une vertu si grande, et que j'ay eu l'honneur de connoistre de si près. Pour les lettres patentes qu'il me faut avoir en conséquence de cest arrest, je n'ose vous en importuner, mais s'il vous plaist en soliciter

(1) Dans le manuscrit il y a au mot *Toulon* une surcharge tellement difficile à lire que M. Parelle a tourné la difficulté en passant ce mot, mais sans prévenir le lecteur. Cependant ce renseignement était le plus important de toute la lettre, puisqu'il indique positivement quelle est l'affaire dont Malherbe veut parler.

(2) Ce garde des sceaux était Guillaume Du Vair, premier président du parlement de Provence jusqu'en 1616 et que Malherbe avait connu à Aix.

M. Salomon qui a acheminé l'affaire là où ell'est, vous m'o-
bligerez infiniment. Il faudra s'il vous plaist que ce soit M. de
Pizieux qui les expédie et non autre pour une ocasion que je
vous diray à nostre première veuë. Cela vient assez à propos
parce qu'il est en moys (1) et que c'est luy qui fit la responce de
mon placet. Pour la Conchine (2) je croy que vous aurez loisir de la voir en ses beaux attours. Car à ce que m'ont dit des
gentz qui le doivent bien sçavoir la chose yra jusques à samedy.
Je baillay hier moy mesme vostre lettre à M. Servin (3). Il
avoit pris médecine ce qui me donna loisir de l'entretenir deux
heures, aussy fut-ce là que j'appris des nouvelles de ceste affaire. Il me dit qu'il ne vous escriroyt point et que vous auriez entendu de M. de Modène tout ce qu'il vous en pouvoyt
mander. Je receus hier sur le midy vostre paquet, et m'estonné
qu'estant recommandé comm'il estoyt il fust demeuré si longtemps par les chemins, cela m'a fait douter de vous respondre
par la voye de la poste que je voyoys si mal asseurée. D'ailleurs ayant eu l'honneur de disner aveque madame Aleaume
à laquelle j'avoys baillé vostre lettre dès hier, j'ay appris d'elle
que monseigneur le Garde des Sceaux avoit escrit à M. Ribier
que mardy prochain il partiroit de Fontainebleau. Toutesfois
enfin je m'y suis résolu afin que vous fussiez servy à vostre
gré. Je vous envoye les lettres qui avoient esté adressées par
M. de la Guillaumie chez M. Ribier; elles estoyent entre les
mains de madame Aleaume qui faisoit difficulté de les vous
envoyer sur le bruit que la court seroit icy au premier jour.
Elles sont dans ce paquet; si vous le recevez vous les recevrez
aussy. Madame Aleaume croit qu'elles viennent de M. de Riez
et pour ceste opinion avec la considération que je vous ay dite
elle ne s'estoit point hastée de les vous envoyer. C'est, Monsieur, tout ce que j'ay à vous dire. Si vous voyez M. de Racan, vous luy direz s'il vous plaist qu'il ne s'en aille pas chez
luy sans voir un spectacle qui vaut bien que l'on vienne du bout
de la France pour le voir. »

« Adieu, Monsieur, je vous baise bien humblement les mains
et suys votre très humble et très obligé serviteur. »

MALHERBE.

La lettre datée de Caen du 17 juin 1621 se trouve publiée

(1) Ne comprenant pas ces mots, *parce qu'il est en moys*, c'est-à-dire
parce que c'est son mois de service, M. Parelle les a passés.

(2) La maréchale d'Ancre.

(3) Nous ne savons comment M. Parelle a pu lire *Hervier* au lieu de
Servin.

dans Blaise, p. 473; mais l'autographe donne un post-scriptum qui manque dans l'édition.

«Monsieur, avec mon impudence accoustumée je vous supplye très humblement de me continuer la faveur que vous m'avez faite de m'escrire des nouvelles. Je fis voir vos lettres à M. le marquis de Mosny qui en fut extrêmement satisfait par ce qu'il n'en avoit point d'ailleurs, ou s'il en avoit, elles n'estoient ny si certaines ny si particulières que les vostres. »

Le mémoire (1) qui suit et qui probablement se trouvait dans une lettre adressée à Peiresc, a rapport au siége de la Rochelle.

Le S' de la Ravardière.
Le S' de Moigneville, fils du sieur de Briqueville.
Le baron de Tournebe.
Le S' d'Anfernel, neveu de Montgommery.
Cerisy Patron.
Beaumont d'Ouville.
Le S' de Gonneville.
Le S' de Videlou pour Montgommery ayant fait porter ses biens et son argent chez sire Jean Paulet S' de S. Ouen à Jersay, qui est l'entremetteur des Huguenotz pour l'Angleterre et grand ami de Montgommery.
Le baron de la Haye du Puys, M. de Briqueville les est venu voir et eux luy recentement.
Tous les dessusdits sont allez aux isles de Jersey et Gernesay, auquel lieu de Gernesey il y a des vaisseaux Rochelois de xxiiii en xxiiii heures, et a-t-on porté des poudres au S' de Gonneville par le passage des rades de Lineville, où il fait passer et repasser par ses vaisseaux nuit et jour toutes personnes.
Il a levé du mois de juin dernier de Caen pour plus de sept milles livres d'armes, et ses beaux frères de mesme. Il les tient chez Nicolas le Noble, et Guillaume Lendre ses vasseaux cachez.
Outre le susnommé, le *Gonfride* armeurier de Coustances a tousiours depuis travaillé pour luy aux armes, comme il fait encore de présent, et asseurément le dit sieur de Beaumont a pacquetz pour l'assemblée de la Rochelle à distribuer à Caen et ailleurs.
La Haye du Puys s'est saisy du prieuré de S. Germain

---

(1) Cette pièce (Peiresc, II, 19) est entièrement de la main de Malherbe et se trouve placée entre juillet et août 1621.

Suré (1), et des autres maisons qui y sont sur le bord de la
mer. Gonneville par le moyen des rades de Lineville et de sa
terre de Gonneville fait passer aux isles tout ce que bon luy
semble et plus de là. Briqueville tient Reniéville qui est un
chateau sur le bord de la mer et le meilleur havre de Costen-
tin. Tellement que les huguenotz ont près de dix lieues de
coste pour eux en ce cartier là.

S'il y a quelqu'ambiguité en ce mémoire, prenez vous en
à celuy qui l'a fait et non à moy qui l'ay transcript fort fidelle-
ment.

Nous terminerons par deux lettres inédites dont nous devons la communication à l'obligeance de notre ami M. Feuillet
de Conches qui a mis à notre disposition ses collections de
manuscrits et d'autographes. C'est à lui que nous devons copie des deux lettres suivantes, adressées, l'une au marquis de
Racan, et l'autre à M. de Colomby. Cette dernière, qui a rapport aux événemens du siége de la Rochelle, en 1627, est la
propriété de M. le chevalier Lalande, l'un des plus riches col-
lecteurs d'autographes de la capitale.

De Paris, ce 13 de décembre 1624.

Monsieur,

Il faut avouer que je fus paresseux la dernière fois que je
vous escrivis. Quand j'envoyai ma lettre chez M. Royer il
avoit desjà envoyé son paquet au messager. Je vous en crie
mercy, et vous promets que cette faute ne m'arrivera plus.
M. Royer n'avoit pas esté si diligent à l'autre voyage; ce fut
ce qui me trompa. Vous obligez grandement mon filz de vous
souvenir de luy. Il y a fort long temps que je l'ay envoyé en
Normendie où il passe son temps (à ce qu'il m'escrit) mieux
qu'en lieu où il ait jamais esté. Je l'ay tiré d'icy il y a fort
longtemps pour le doute que j'avoys que ses parties ne luy
eussent tendu quelque piège comme certes j'ay découvert
qu'ils avoient fait. Mais j'eus bon nez de quoy bien luy print
et à moy aussy. J'attens avec un million de gentilzhommes
un pardon général de tous les duelz, dont le mariage de Madame sera le pretexte. Si l'affaire de M. de Beaumarchais
estoit en aussy beau chemin, il n'auroit que faire d'aller
chercher sa seureté en l'isle de Noirmoustier où l'on dit qu'il

---

(1) Saint-Germain-sur-Ay, département de la Manche, arrondissement
de Coutances.

s'est retiré. Pour Theofile, il ne se dit rien de luy. Le poure homme est en très mauvais estat. On m'avoit dit qu'on l'alloit juger; mais à cette heure il ne s'en parle plus. Je ne croy pas que la mort, ne luy fust plus douce que de vivre comme il fait ; soyez homme de bien à son exemple et qu'il ne tienne pas à aller dévotement à la messe que vous ne soyez appellé Monsieur par ceux de vostre vilage. De nouvelles je n'en scay point et qui plus est je croy que je vous puis dire qu'il n'en est point. Si vous ne venez icy qu'au quinzième de janvier, vous estes homme pour ne baiser pas les mains à Madame. M. de la Ville aux Clers (1) est allé en Angleterre, il y a longtemps qu'il est party. Mais le mauvais temps l'a gardé de se mettre sur la mer plus tost que dimanche dernier. Nous aurons bientost aprez son arrivée le duc de Bokinghan qui viendra espouser Madame. Si vous voulez scavoir des nouvelles des financiers, elles vont tousiours de mal en pis. Quoy que l'on vous ait dit il ne s'est jamais parlé de composition, et si le roy est véritable, de quoy ny vous ny moy ne devons pas douter, il ne s'en parlera jamais. Dieu garde les innocentz d'oppression, et nous faict voir la justice des mechans. Et la dessus je vous baise très humblement les mains.

Votre très humble serviteur

MALHERBE.

Au dos : A Monsieur, Monsieur de Racan gentilhomme ordinaire de la Chambre du Roy.

———

A Paris, ce 5 de novembre 1624.

Monsieur mon très cher cousin,

J'oubliay la dernière fois que je vous escrivys de vous faire tenir la lettre de Madame Jouan, pour responce à ce que vous me mandiez de l'argent qu'elle avoyt receu de vous. Elle me dit là dessus assez de choses mais il eut falu faire un procéz verbal. J'ay mieux aimé qu'elle vous en ait escrit elle mesme que de charger ma mémoire de si mauvaise marchandise. Vous luy en manderez votre volonté. Pour les nouvelles du monde, St. Bonnet (2) vint mercredy dernier de l'armée en-

(1) Antoine de Loménie, sieur de la Ville aux Cleres, ambassadeur de Henri IV à Londres et secrétaire d'état, mort en 1638 à l'âge de 78 ans. C'est lui qui a légué à la Bibliothèque Royale 340 volumes de manuscrits connus sous le nom de Manuscrits de Brienne.

(2) Le maréchal de Toyras.

voyé aux Reynes de la part du Roy. Il leur escrit le passage des troupes qui ont esté envoyées en l'isle pour en desnicher les Anglois sous la charge de M. le maréchal de Schomberg. Il y a six mille deux cents hommes de pied, deux cens chevaux, et environ sept ou huit centz volontaires à qui le Roy a baillé luy mesme jusques à quatre ou cinq cents piques. Il n'est demeuré personne auprès de luy que M. de Souvray, le commandant son frère, St. Simon et le vieux St. Michel. Tout ce qui estoyt près de Monsieur y est allé ; Dieu les veuille tous conserver et M. Patris en particulier, comme mon meilleur et plus certain amy. Nos gentz n'ont mené autre canon que ces douze ou quinze petites pièces venuës de Hollande que la Reyne mère donna au Roy, il y a ce me semble trois ou quatre ans. On recommence à parler de la venuë de l'armée d'Espagne : le Roy mande à la Reyne qu'elle sera icy au premier jour. M. de Guise par une lettre du 22ᵉ du passé mande à madame sa mère que d'heure à autre il attend l'armée Espagnole, et que si tost qu'elle sera venuë il espère qu'il fera quelque chose qui sera crié sur le Pontneuf. On fait prier par toutes les églises pour le succez. Je seray fort trompé s'il n'y a au refrein des Anglois : *Sed non et venisse volent.* Adieu, Monsieur mon cher cousin, vous ferez part de cette lettre à mon cousin du Bouillon. Quand il sera à Caen je luy escriray. Vous le prierez s'il vous plaist d'effectuer l'avance qu'il vous a promise des 500 liv. de ma rente ; mais vous le luy direz s'il vous plaist comme de votre part. J'apprens cette fois pour toutes à n'espérer jamais secours d'un teston du costé de Normendie. Je suys d'une humeur si aisée à obliger que l'on m'oblige même quand on ne m'oblige point. Celuy à qui on preste doit, celuy à qui on refuse ne doit rien. Tellement que de quelque façon que le dé tombe, j'y trouve tousiours ma chance. Je voudroys bien que Dieu me donnast quelque moyen de le servir, il verroit comme je suis franc, et le peu de cas que je fais de ce que les autres estiment beaucoup. Adieu encore un coup, Monsieur mon très cher cousin, c'est

Votre très humble et très obligé serviteur

MALHERBE.

Au dos : A Monsieur, Monsieur de Coulomby conseiller du Roy en ses conseils d'Estat et privé.

PARIS. — IMPRIMERIE DE ...., rue Saint-Louis, ... au Marais.